春満月

Sasaki Junko

佐々木潤子句集

ふらんす堂

序

俳誌「きたごち」が四百号を越えたところで、本年十二月をもって終刊にすることとした。創刊当初は編集から発送まで私一人でこなしていたが、結社が大きくなるにつれ、妻と娘に手伝って貰うようになった。やがて年を追って娘の手を借りることが増え、平成十八年九月号からは、編集人佐々木潤子、発行人柏原眠雨、という形をとって現在に至っている。その娘の潤子が句集を纏めることとなった。

潤子は以前に一度句集を出したことがあった。旅行記を集めた文集を後ろに付けた句文集であったが、一応これが第一句集となり、今回が第二句集である。この間句集を編むいとまもなく毎月「きたごち」発行の仕事に追われてきたので、今回の句集は平成七年から昨年までの長い期間のものを集約する形になった。

この期間に身辺に生じた最大の出来事はいうまでもなく東日本大震災である。その折の句が若干収録されているので、その中の一句

炊き出しの最後はカレー春満月

から、句集名の「春満月」を採った。地震のあとしばらく町内会の会館で行われた炊き出しはありがたかった。震災の関連句には他に

地震続く大玻璃越しに春吹雪
冬ざれや津波に残る松まばら
シミュレーションの津波の画像雪催
廃校に残る黒板虫時雨
礎石のみ残る集落彼岸花

などがある。一句目は大地震当日の作。次の句は津波に流された海岸の防潮林の跡を詠んだもの、三つ目は吟行で東北大学災害科学国際研究所の今村文彦教授の津波工学研究室を訪ねた折の句、私も同行した吟行で、今村先生から貴重な話を伺うことができた。その次の句は北上川河口近くの大川小学校、最後が津波で壊滅した仙台の荒浜集落跡である。ここに見る通り、潤子の句は現場で見聞した体験を詠んだものばかりで、「きたごち」の写生の句風を素直に実践している。俳句には実感が

大切であり、「きたごち」では対象に五感で接することが大事と説いているので、その意味で潤子の句は「きたごち」の申し子ということができよう。

そこで、この句集の最大の特徴といえば、旅吟が多いことである。親に似て旅の好きな潤子は、物に接して句を得るのにしばしば旅の機会を用いている。旅はまさに見聞の場、写生の絶好の機会である。そんな旅で心に触れた物を詠んだ句、

つつぬけの原爆ドーム冴返る
手を打ちて婆の拝める滝桜
ばつた跳ぶ南谷へと踏み入れば
雪吊の縄の細かき尼僧院
松飾る祇園の端の荒物屋
コンビニに遍路姿の二人連れ
皇居辞し仰ぐ真白き二日富士
トーチカの銃眼に鳴る虎落笛
白日傘小脇に汲める宗祇水
春草の崖のぼりゆく島の牛

旅の句は外国の風物詠にまで及ぶ。

大鍋に山吹色の蕪煮立つ

ドイツ語の売り声恐きバナナ売り

息つめて大音響の滝仰ぐ

パレードも観客も散る大夕立

空港にピノキオ吊られイースター

うそ寒し大皿に載る豚の首

蕪煮るの句はタイでの見聞。バナナの句は硬質のドイツ語を耳にした折の気分が出た。滝の句はナイアガラの滝、夕立の句はフロリダの遊園地の描写である。イースターの句はローマの空港、うそ寒の句は韓国ソウルでの体験である。いずれも旅で出会った心惹かれる実景の写生である。殊に蕪煮るの句は、日本では中々見られなくなった日本の季語に、思い掛けなく出食わした驚きが窺われる。

各地の行事や祭事に出掛けた折の句も見られる。

雨に濡れ焚かるるを待つ立雛

熱気球散らばる空に雁渡る
航空ショー始まる前の威銃
春節のパレードにゐる孫悟空
一礼し鶏鉾の中に入る

一句目は谷地ひなまつりの雛焚きを詠む。次は岩出山のバルーンフェスティバル、その次は矢本の松島基地航空祭、四句目は横浜中華街の春節の様子、最後は祇園祭の前祭宵山風景である。殊に二句目三句目四句目は、佳い場面を捉えている。

写生は五感に直接訴えてくる物を詠む。中でも視覚を用いた句が多いが、聴覚、触覚、嗅覚、味覚のそれぞれを使って作るのが写生句である。潤子の句にも、

舞ふたびに床鳴る都をどりかな
手袋を脱ぎ鉄砲の手に重し
薔薇の香のフラワーシャワー並木道
タワービル最上階の蜆汁

のように、それぞれ聴覚、触覚、嗅覚、味覚による対象把握が認められる。都をど

りに無粋な音を聞いた句、実際に鉄砲にふれた時の驚き、婚礼を終え教会堂を出て浴びた花びらの香、天空の割烹で口にした蜆汁の旨さ、いずれも視覚以外の感覚による写生で、実感が伝わるとともに俳句らしい小さな驚きが表現されている。

ところで俳句はもともと俳諧の発句に由来する。俳諧とは俳諧の連歌のことで、正統連歌に対し戯けやユーモアの連歌を指す。したがって、俳句にはユーモアの要素が大切であり、俳人にはどこかに戯けの心を秘めていることが求められる。その点、潤子の句にはユーモアの匂うものが多々認められ、頼もしく思う。

七月の花嫁となるベールかな
ロボットの振る手に団扇振り返す
悴みて引けば大吉当たりけり
鷽替に真つ赤な鷽を手にしたる
ロボットの出迎へ勤労感謝の日
復活祭桐箱入りのかすていら
税務署の吊り広告や春隣
ポイントで買ふクリスマスケーキかな

七月の花嫁は、箱根の星の王子さまミュージアムで七月に結婚式を挙げた自分のことで、ジューン・ブライドからずれた自らをおかしく思っているのである。真っ赤な鸞は真っ赤な嘘に掛けており、言葉遊びの諧謔を楽しんでいる。

写生は、良い物に目を止めることで句を高める。見方の面白さも評価される。そのような努力が認められる句を最後に挙げる。

カメラに向く句碑と百人秋日和
薄紙の婚姻届ヒヤシンス
山門にあしなが募金つつじ燃ゆ
銀杏散る村の誇りの銅像に
ルビ付の子供みくじや神の留守

「きたごち」の廃刊に先立って、潤子は篠沢亜月さんと二人で俳誌「しろはえ」を立ち上げた。これまでの俳誌編集の経験を踏まえ、新しい歩みを堅実に積み重ねることで、俳句の力も高めて欲しい。多くの方々の力添えを願ってやまない。

平成四年仲秋名月の夜

きたごち主宰　柏原眠雨

春満月／目次

句集

春満月

団扇

平成七年〜十六年

平成七年

つつぬけの原爆ドーム冴返る

パンジーの花壇へ馬場の砂けむり

平成八年

初乗りの助手席に置く講義メモ

焼芋の売り声届く講義中

平成九年

手を打ちて婆の拝める滝桜

庭に干す天狗の鼻に白き蝶

タイ　二句

大鍋に山吹色の繭煮立つ

夏草を食む水牛の背骨浮く

平成十年

初雁や分校父の海へ向く

塗り替へしオルガン弾けば小鳥の来

宮城県涌谷町柏原眠雨句碑除幕式

カメラに向く句碑と百人秋日和

飛行基地稲田に尽くる滑走路

わづかなる水に白鳥着水す

平成十一年

リモコンの飛行機三機初御空

花の雨駅の通路に俳句展

葵祭

御簾揚げて斎王代の無表情

ドイツ　三句

ビール樽積みて馬車ゆく煉瓦橋

ドイツ語の売り声恐きバナナ売り

聖堂の暗きに活けし花カンナ
穴まどひ倒木を越え消えゆけり

天にしし座手に熱燗のワンカップ

連凧の太白山を目指しけり

平成十二年

宮城県仙台第一高等学校　三句

新任校暮色の中に花匂ふ

男声の校歌の窓に花の影

定期戦のバックネットに花吹雪

乾杯のビールに舟の動き出す

砂浜に足跡重ね西瓜割り

ペン走る試験の窓に雪しまき

平成十三年

旅先に絵文字で届く初メール

薄紙の婚姻届ヒヤシンス

残雪の穂高岳《ほたか》に朝日先づ射せり

産金の沢の蛍の肩に乗る

箱根星の王子さまミュージアム　二句

七月の花嫁となるベールかな

薔薇の香のフラワーシャワー並木道

ナイアガラの滝　二句

大飛沫くぐりて揺るる滝見船

息つめて大音響の滝仰ぐ

フロリダディズニーワールド

パレードも観客も散る大夕立

今年米炊き実習の親子丼

平成十四年

英文の少し交じれる初日記

帯刀の銅像高し春の雲

啄木の墓に弾める恋雀

山の影伸ぶ若草を食む馬へ

画用紙の日の丸濡らす緑雨かな

ワールドカップ宮城スタジアム　三句

青芝を蹴るキーパーのロングパス

荒梅雨やミドルシュートのバー叩く

フロリダディズニーワールド　二句

ポップコーン手にパレードを待つ浴衣

着ぐるみの汗のしみゐし手と握手

潟沼や秋の蚊まとふ茂吉歌碑

屋久島

巨杉の腰の赤肌冬日向

平成十五年

種子島

手袋を脱ぎ鉄砲の手に重し

イタリア　二句

空港にピノキオ吊られイースター

鳩歩くベニスの路地や暮遅し

細き軸掛け虚子庵の夏座敷

藤村のゆかりの宿の蚊遣香

シュート決められ溜息の暑さかな

応援の団扇も破れ敗け試合

黒板を秋蝶の影よぎりけり

男子生徒大き手で切る新豆腐

サッカーのボール鴨浮く池に飛ぶ

先導の教師聖樹の角曲がる

平成十六年

牛ねまる桜吹雪に目を閉ぢて

石鉢を溢るる水に小さき蟹

登米市東和町隠れキリシタンの里　二句

切支丹処刑の丘の草いきれ

ロザリオのかかる十字架夏薊

ロボットの振る手に団扇振り返す
ばつた跳ぶ南谷へと踏み入れば

だだちゃ豆たわわに呂丸旧居跡

船岡城址公園菊人形まつり

怪獣の菊をまとひて尾を立つる

雪吊の縄の細かき尼僧院

漁火のちらばる沖や雪見風呂

雁渡る

平成十七年～二十三年

平成十七年

公園の若芝に犬全速力

新球団楽天ホーム開幕戦

四月馬鹿先頭打者のホームラン

山門にあしなが募金つつじ燃ゆ

糸蜻蛉小町の墓に吹かれ寄る

揚羽蝶陰陽石にまた戻る

桟橋に河豚の転がる因島

戦艦の大砲の向くみかん島

歩き回るばかりのパンダ年の暮

平成十八年

タワービル最上階の蜆汁

沈丁の香のふんだんに休館日

谷地ひなまつり

雨に濡れ焚かるるを待つ立雛

第四代横綱谷風

谷風の像に野点の新茶の香

東京ディズニーランド　二句

ミッキーの氷菓耳より溶け始む

豆汽車の子にハンカチで応へけり

廃坑の町に干さるる新小豆

銀杏散る村の誇りの銅像に

悴みて引けば大吉当たりけり

地虫出づ開幕戦の外野席

平成十九年

武器蔵に魔除けの髑髏糸桜

延長戦八十八夜の月浮かぶ

風鈴を吊つて新居の畳の香

湯殿山

湯を踏んで登る赤岩天高し

送り火の門に受け取る宅配荷

除夜の鐘重なりて鳴る寺の町

平成二十年
横手　三句

背を低くしてかまくらの客となる

かまくらの中の少女の淡き紅

雪しげしなまはげの打つ大太鼓

新幹線よぎりし後の揚雲雀

児を膝に寝かせナイター延長へ

高村光太郎山荘

露草や光の文字の明り採り

ドイツ語の間違ひ電話隙間風

ふくら雀柱の太き閻魔堂

松飾る祇園の端の荒物屋

句碑の裏まで雪の上の靴の跡

平成二十一年

雛飾り終へ蔵出しの田舎酒

日の丸の立つ場所取りの花筵

舞ふたびに床鳴る都をどりかな

滴りや鍾乳洞の鉄梯子

朝の日の射す解禁の鮎の川

山里にコンビニ一つ火取虫

鉤裂きの細きジーンズ原爆忌

県道を兵器進みぬ曼珠沙華

熱気球散らばる空に雁渡る

ハロウヰンの仮装の訪へる武家屋敷

平成二十二年

風船の乗り込んでくるモノレール

すし詰めの江ノ電二輌花曇

江ノ電の踏切開けり初燕

海の底透くる入江やこどもの日

東松島

航空ショー始まる前の威銃

清水寺

阿弖流為の碑の面に紅葉明りかな

軒先に舞妓の名札夕月夜

空狭き道頓堀の初冬かな

凧や堤に厚き蕪村句碑

平成二十三年

三月十一日東日本大震災当日　五句

春昼や十一階の地震の揺れ

地震続く大玻璃越しに春吹雪

地震あとの闇に夫待つ春の月

余震止まぬ停電の夜の春火鉢

春寒し燭燃えつきて眠りけり

炊き出しの最後はカレー春満月

真夜中にまた来る余震受難週

震災の本の平積み夏来る

炎昼や塀に三筋の津波跡

蛇神に桐の実の鳴る居久根かな

箱根　二句

初紅葉スヰッチバックの停車駅

秋高し海賊船に日章旗

冬ざれや津波に残る松まばら

春節

平成二十四年〜二十七年

平成二十四年

両親の金婚式

金婚の膳囲みたる雛の日

水槽に蛸へばりつく水族館

遊船のちやうちん越しに国技館
アトムの曲ホームに流れ秋うらら

ソウル　二句

うそ寒し大皿に載る豚の首

クレーンの伸びて聖樹の飾りつけ

長崎　二句

焼藷をベンチでかじる爆心地

皿多きしつぽく料理金屏風

サッカーの見物席に破魔矢の娘

平成二十五年

横浜中華街　二句

獅子舞の伸び縮みして磴のぼる

春節のパレードにゐる孫悟空

下田

マンホールの蓋に黒船寒戻り

朝風呂に聞く鶯の谷渡り

着陸の飛行機の影望潮

蠅除の穴かがりたる青き糸

皆で顔寄する狐の提灯に

新歌舞伎座見上ぐる日傘傾けて

高野山　二句

勤行の始まれば蟬鳴き出しぬ

此処よりは脱帽とある青葉闇

うどんにも梅干ののる紀伊の国

爽籟や姫の輿守る白虎隊

行列に大砲も引き草の絮

凍りたる華厳の滝を仰ぎけり

凍空へロープウエイの始発便

粉雪や子猿の叩く店の窓

授かりし卯槌を飾るこけし棚

平成二十六年

鋤焼や雨になりたる浅草寺

風荒き鳴門大橋初桜

渦潮の渦歪めたる荒き濤

コンビニに遍路姿の二人連れ

春愁に折る浄瑠璃の木偶の首

父の叙勲　二句

オルゴール付きの祝電昭和の日

勲章にルビー十六若緑

居酒屋の棚にこけしや初鰹

橋くぐるごとに手を振る舟遊び

笊に盛る仙台駄菓子夏暖簾

道後温泉

薫風やマドンナといふレトロバス

内子座の奈落に降りて闇涼し

日光裏見の滝

大岩の角を曲がれば滝飛沫

稲穂風室の八嶋の太鼓橋

眠る山にケーブルカーの擦れ違ふ

平成二十七年

玉砂利の音に淑気や二重橋

参賀終へ坂下門の太柱

皇居辞し仰ぐ真白き二日富士

鶯替に真つ赤な鶯を手にしたる

古地図手に歩く街並木々芽吹く

川風に百の尾を上げ五月鯉

再開の津波の路線夏兆す

神田祭神幸祭　二句

行列の馬の尿する夏祭

路地奥にスカイツリーや祭笛

会津嶺の風に波打つ稲穂かな

二の丸へ渡す朱の橋新松子

煤けたる大黒柱濁り酒

滝沢本陣

象の背にゆられて秋野巡りけり

那須ワールドモンキーパーク

団栗やこびと散らばる森の中　藤城清治美術館

幸村の大赤兜神渡し

賽銭と枯葉を溜めて浅き井戸

靴を手に軋む回廊木の葉雨

姫路城　二句

鉄砲狭間覗けば先に冬帽子

城垣の陰に忍者や冬夕焼

妙義山
石門をくぐりて険し枯木山

松岡きよさんを悼む
きよさんの句碑の白文字冬霞

虎落笛

平成二十八年〜三十年

平成二十八年

ロボットの声に起こされ大旦

コーヒーに汲む若水の二人分

美術館に硝子細工の鏡餅

灯籠に彫らるるマリア花馬酔木

橋くぐる度に頭を下げ花見船

佐藤美喜子先生急逝　二句

朧月通夜へと急ぐ靴の音

葬終へて出口で貰ふフリージア

皆触りゆく恐竜の牙ぬくし

満開のなんぢやもんぢやに人寄り来

箱眼鏡で覗く水族館の海

時鳥秘湯に向かふ渡し舟

古代米のランチプレート金魚玉

碓氷峠

めがね橋へ雨の坂道月見草

遠刈田温泉　二句

ピカソ見て大観を見て芋煮汁

虫の音や木組みのドイツ料理店

時を打つぼんぼん時計冬近し

山口青邨宅雑草園

横手市平安の風わたる公園

太鼓橋三つ重なり雁の棹

色褪せし名画ポスター暮の秋

沖縄国際大学

墜落のヘリの焦げ跡残る蟬

石の門残る城《ぐすく》や花芒

嘉数《かかず》高台公園

トーチカの銃眼に鳴る虎落笛

辺戸《へど》岬沢木欣一句碑

冬波の叩く岬に句碑一つ

旧海軍司令部壕

冬菊や自決の部屋に弾の痕

ひめゆりの塔に寄り来る冬の蝶

ＵＳＪハリーポッターエリア

門番の肩に梟魔女の城

大水槽に甚平鮫の腹仰ぐ

平成二十九年

獅子舞のはねて入り来るモール街

城一つ包む野焼の煙かな

酒造りの水溢れをり蕗の薹

大声で句碑を読む声彼岸西風

残る鴨散らし小舟の進みゆく
消灯の放送流れ花の山

旧白洲邸武相荘　三句

遺言状の文字かすれをり籐寝椅子

本棚の大きく撓み釣忍

節太き竹の靴べら夏館

蓮の堀より城の坂七曲り

カンカン帽並ぶ鳥居をくぐりゆく

大谷石地下採掘場跡

洞穴の石切跡の壁涼し

祇園祭　二句

一礼し鶏鉾の中に入る

鉾頭見えて囃子の近づき来

熱き茶を先づいただきて川床料理

竹生島

波止場より島の急磴雲の峰

谷川の澱に浮輪の子等の声

白日傘小脇に汲める宗祇水

水門に並ぶ川鵜や遠汽笛

かなかなや首傾げたる石仏

赤い羽根胸にオーボエ四重奏

千歳飴持つペコちゃんの晴れ着かな

キャンパスの落葉舞ひ上げレトロバス

東北大学青葉山キャンパス　三句

シミュレーションの津波の画像雪催

風呂吹を足し学食のランチかな

国会議事堂　二句

クリスマスイブ議事堂の長廊下

議事堂の壁に化石や年詰まる

懐の犬に吠えられ賀詞交はす

平成三十年

仙台市八木山動物公園　二句

冬林檎手にしてゴリラ近づき来

寄り添ひて眠るカピバラ春近し

鶯の一声野外音楽堂

宮城県大和町　二句

穀田屋の棚におのくんあたたかし

東日本大震災後に被災地東松島市小野で
ソックスから作られた猿のぬいぐるみ

参道に畑打の音天皇寺

隠岐　二句

春草の崖のぼりゆく島の牛

牛合せ角のぶつかる音にぶく
大玻璃の展望車いま青田中

吉祥寺駅前

夕立洗ふ象のはな子のモニュメント

扉開く度に蟬声美術館

横須賀　二句

レトルトの海軍カレー夏の雲

猿島に砂日傘立つ小さき浜

登米市東和町隠れキリシタンの里

一本の真白き茸切捨場

望の潮高くしぶきて松濡らす

身に入むや見上ぐる津波到達点

石巻市震災遺構大川小学校

廃校に残る黒板虫時雨

赤蜻蛉来る鼻太きモアイ像

勝手口に積む古紙の束ちちろ虫

東北大学植物園

芒径抜けて絶滅危惧花壇

ロボットの出迎へ勤労感謝の日

仙台城外堀

初氷フィギュアスケート発祥地

小諸　三句

霜柱踏み虚子庵の庭に入る

アルプスを山門越しに雪催

千曲川見ゆるベンチに日向ぼこ

復活祭

平成三十一年〜令和三年

平成三十一年

ミニ竿で釣る鯛みくじ初詣

初荷札貼られ冷凍便届く

神籤結ふどんとの火の粉浴びながら

さくさくと動くパソコン四温晴

七段のひひな飛び出す絵本かな

八咫烏の小さき御守り新社員

令和元年

仙台青葉まつり　四句

朝曇祈りの像に千羽鶴

炎天下地に膝つきて火縄銃

火薬の香残る公園祭果つ
山車の上に女市長や風やさし

松島瑞巌寺

襖絵の虎の眼光花あやめ

青葉潮船ごつと揺れ着岸す

父東北大学病院に入院　二句

長びきし手術待つ窓大夕焼

暑中見舞出す院内のポストより

母仙台赤十字病院に入院

病室の窓に鳶の輪秋初め

退院の玄関を出て石たたき

大鳴門橋　二句

秋の潮ガラスの橋の床下に

マンモスの足跡を踏む厄日かな

宝塚劇場までの鵙日和

手塚治虫記念館

足形は鉄腕アトム桐一葉

仙台勾当台公園市民広場　三句

スケートのリンクを均す竹箒

カレーの香包む屋外スケート場

熱燗のワイン手にして露天市
マイセンの揃ひのカップアドベント

肩車して電飾の枯木立

煤逃やレディーステイの映画館

乗初や昭和歌謡のカーラヂオ

令和二年

餅花を黒塀に差す質屋かな

回覧板焼嗅し差す戸に吊す

仙台駅東口に東京五輪聖火展示　二句

春日射薄紅色の聖火台

ほんのりと聖火の熱や春の宵

礼拝のネット配信春の風邪

復活祭桐箱入りのかすていら

蛇穴を出づ裏木戸に夕餉の香

スーパーの真中に浅蜊潮吹けり

着信音スマホで桜撮りをれば

宅配のサインどくだみ匂ふ手で

神馬舎に尻向け草取女の二人

スーパーに売る瓶入りのめだかの子

垣の上に先出て捕虫網走る

国産と太字の土用鰻かな

尾灯追ひかけて霧濃き九十九折

茄子の馬置く薬局のカウンター

仙台うみの杜水族館ナイトアクアリウム

月光に跳ぬるいるかの青き艶

月昇るファウルボールの飛ぶ先に

用件の長き留守電鉦叩

ルビ付の子供みくじや神の留守

景品に除菌シートや年の市

新型コロナウイルス禍

撫で牛に撫づるなの紙除夜詣

令和三年

税務署の吊り広告や春隣

マスクして声のくぐもる鬼は外

大試験終へ揚げたてのカレーパン

クローバーの王冠かぶりおままごと

撫で牛に除菌液置く花の宮

東口から西口へ花吹雪

旗かつぎベガルタ戦へ黄水仙

盲導犬とバスに

仕事中の札犬の背にバスうらら

きたごち発行所移転　六句

差し入れの冷たき麦茶移転の日

引越の荷に母の日のカーネーション

布袋草池に残して転居せり

夏蝶や積荷をほどく並木道

リビングの広き新居や水中花

十二階の新居の玻璃に月涼し

向かひ合ふ歯科と眼科や街薄暑

父の日や長屋の端に床屋の灯

紅花を添へ朝採りの野菜着く

古扇せはしワクチン接種まで
歴代のミッキー並べ土用干

日覆ひやプレハブ小屋の珠算塾

冷房の歯科にからくり時計鳴る

蟬時雨バスにつき来る選挙カー

巾着も七夕飾り朝の風

色変へぬ松黒塀の菓子処

早稲の香を纏ひ体験乗馬かな

礎石のみ残る集落彼岸花

震災遺構仙台市荒浜地区住宅基礎　二句

ゑぐられし津波の跡に木の実落つ

ソックスの指先に穴秋の果

動物の慰霊碑に来る雪蛍

着ぶくれて大道芸の輪の中に
ポイントで買ふクリスマスケーキかな

あとがき

令和四年十二月に、所属結社の俳誌「きたごち」（柏原眠雨主宰）が終刊を迎える。平成八年に海外紀行文と共に纏めた句文集『遠花火』を上梓したが、「きたごち」終刊前に第二句集を残したいと今回の出版を決めた。平成三年から六年までの句は第一句集に載せたので、本句集は平成七年から令和三年までの二十七年間の句の中からある程度自選をし、最終選句を主宰に依頼した。

第一句集には、〈試験管かざして釣瓶落しかな〉のような学生時代の句がほとんどだったが、今回は社会に出てからの句が並ぶ。旅行が好きなので旅吟が多いのだが、改めて膨大な量の句を読み返してみると、その時々に熱中していたものも見えてきた。新婚旅行でフロリダディズニーワールドを訪れてからはディズニーに夢中になり、サッカーワールドカップ決勝トーナメント日本対トルコ戦を宮城スタジアムで観戦したのを機にサッカーに嵌まり、地元のプロサッカーチームベガルタ仙台を応援、その後、プロ野球の東北楽天ゴールデンイーグルスが誕生すると、足繁く球場へ通った。俳句は日常の絵日記のようなものと思っていたが、遊び回った記録でもあった。

そもそも、「きたごち」主宰である父の手伝いをしていたのが俳句との出会いである。自分で作句するようになっても、毎月の「きたごち」の編集、校正、発送作業に追われ、俳句そのものを楽しむ余裕はほとんどなかったように思う。「俳句って面白いものだな」と感じるようになったのは、令和二年六月に篠沢亜月さんと共同で俳誌「しろはえ」を発行するようになってからだ。「きたごち」終刊後は、「しろはえ」に一層力を入れて行きたいと思っている。

句集出版にあたり、選句と序文の執筆をもらった主宰の父柏原眠雨に深謝したい。また、「きたごち」の仲間をはじめ、これまで出会ったたくさんの句友にも改めて御礼を申し上げる。そして母柏原日出子や俳句を優先させてくれた夫にも感謝する。

最後になったが、本句集の出版に際してお世話になった、ふらんす堂の皆様にも深く御礼申し上げる。

令和四年八月八日

佐々木潤子

著者略歴

佐々木潤子（ささき・じゅんこ）

昭和39年９月　東京都生まれ
平成３年１月　「きたごち」入会、柏原眠雨に師事
平成８年11月　句文集『遠花火』出版
平成14年４月　「きたごち」同人
平成18年９月　「きたごち」編集長
令和２年６月　篠沢亜月と共に「しろはえ」創刊代表

俳人協会会員、俳人協会宮城県支部幹事、宮城県芸術協会実行委員、「きたごち」編集長、「しろはえ」共同代表

現住所　〒983-0851 宮城県仙台市宮城野区榴ヶ岡 105-2-P1105

句集　春満月　はるまんげつ　きたごち叢書第三十一輯
二〇二二年一二月一日　初版発行
著　者――佐々木潤子
発行人――山岡喜美子
発行所――ふらんす堂
〒182-0002 東京都調布市仙川町一―一五―三八―二F
電　話――〇三（三三二六）九〇六一　FAX〇三（三三二六）六九一九
ホームページ http://furansudo.com/　E-mail info@furansudo.com
振　替――〇〇一七〇―一―一八四一七三
装　丁――君嶋真理子
印刷所――日本ハイコム㈱
製本所――三修紙工㈱
定　価――本体二六〇〇円＋税
ISBN978-4-7814-1513-0　C0092　¥2600E